안네 마르 지음
1965년 아비투어(인문계 고등학교 졸업 시험)를 마치고 영화 조감독으로 일했어요.
1993년부터 동화를 쓰기 시작하여, 여러 차례 독일 최대 주간지 「디 차이트」의
아동문학상을 받았으며, 독일청소년문학상 후보로도 올랐어요. 그동안 펴낸 작품으로
「오스카가 소망하는 강아지」와 「카루소에게 박수를 쳐주자」 등이 있어요.

베레나 발하우스 그림
1951년 게뮌덴에서 태어났어요. 뮌헨의 조형예술 아카데미에서 공부를 한 뒤 무대 조형사로
일했어요. 1985년부터 어린이 책에 그림을 그리기 시작하여 독일청소년문학상을 받았어요.
그동안 그림을 그린 작품으로 「오스카가 소망하는 강아지」가 있어요. 지금 뮌헨에서 살고 있어요.

홍이정 옮김
성균관 대학교 독어독문학과를 졸업한 후, 같은 대학교 대학원에서 석사 과정을 마쳤어요.
독일 바이에른 주, 에어랑엔 뉘른베르크 대학교에서 독문학을 전공하고 박사 학위를 받았어요.
지금은 성균관대학교에서 강의를 하며, 번역가로 일하고 있어요.

안선모 도움글
MBC창작동화대상(단편 동화 부문) · 제3회 눈높이아동문학상(장편 동화 부문) · 제16회 해강아동문학상 ·
한국아동문학상 등을 받았어요. 제6차 교육 과정 초등 영어 교과서 심의 위원, 제7차 교육 과정 초등 영어
교과서 집필 위원으로 활동했어요. 그동안 펴낸 책으로 「마이 네임 이즈 민캐빈」 「애기햄스터 애햄이」
「날개 달린 휠체어」 「소리섬은 오늘도 화창합니다」 「우당탕탕 2학년 3반」 등의 창작집과 「와우! English
챈트」 「영어 교과서 동화」 등 영어 관련 도서 및 다양한 학습 도서가 있어요. 지금은 인천에 있는
초등학교에서 아이들을 가르치며, 다음 카페 「산모퉁이(http://cafe.daum.net/skyroot3502)」에서
동화와 체험 학습을 접목한 프로그램을 진행하며 신 나게 지내고 있어요.

2012년 6월 10일 1판 2쇄 **펴냄**
2012년 2월 25일 1판 1쇄 **펴냄**

펴낸곳 (주)효리원 **펴낸이** 윤종근 **지은이** 안네 마르 **그린이** 베레나 발하우스
옮긴이 홍이정 **등록** 1990년 12월 20일 **번호** 2-1108
우편 번호 110-360 **주소** 서울시 종로구 율곡로 10길 20
대표 전화 3675-5222 **편집부** 3675-5225 **팩시밀리** 765-5222
ISBN 978-89-281-0197-9 63850
홈페이지 www.hyoreewon.com

후덜덜
떨리는 전학

안네 마르 지음 · 베레나 발하우스 그림
홍이정 옮김 · 안선모 (인천 부평남초등학교 선생님) 도움글

 효리원
hyoreewon.com

후고는 자동차 뒷자리에 앉아 차창 밖을 내다보았어요.
길에 서 계신 할머니가 눈인사를 해 주셨어요.
"할머니, 안녕히 계세요!"
후고는 소리쳤어요.
"곧 놀러 올게요."

엄마가 자동차를 출발시키자, 길에 서 계시던 할머니의 모습이 조금씩 조금씩 작아졌어요. 후고는 할머니가 보이지 않을 때까지 눈을 찡끗거리며 연신 눈인사를 해 댔어요.

　　후고가 다시 앞쪽을 바라보았을 때는 이미 할머니의 모습은 보이지 않았어요. 그리고 후고의 가장 친한 친구 패트릭의 모습도 보이지 않았어요.

후고가 어딜 가냐고요?

후고는 오늘 이사를 갑니다. 후고는 엄마랑 도시로 이사를 갑니다. 엄마가 도시에 새 직장을 잡으셨기 때문이지요. 이제부터 엄마는 오전에만 일을 하고, 오후에는 후고랑 놀아 주신대요.

후고는 정말 좋았어요.

새집도 마음에 들고요.

하지만 이사 가는 건
정말 싫답니다.

도시에는 아는 사람이 아무도
없거든요. 할머니도 안 계시고,
친구도 없어요. 더구나 겨울 방학이
끝나면 새 학교로 전학을 가야만 한대요.

후고는 정말 무서웠어요.

드디어 엄마와 후고는 새집에 도착했어요. 엄마
가 대문을 열었어요. 딸랑 엄마 혼자서 이 집을 다
꾸미셨대요. 후고가 할머니 집에 가 있는 동안에
말이죠. 후고는 집 안 구석구석을
둘러보았어요. 마루랑, 부엌이랑,

목욕탕이랑……

그리고 후고는 냉큼 자신의 방으로 뛰어 들어갔어요. 방에는 옛날에 쓰던 책장이 떡 하니 보였어요. 후고가 모은 포스터들도 벽마다 여기저기 붙어 있고요. 예쁜 곰돌이 인형도 침대에 있었어요.

　　방 안의 물건들은 모두 낯설지 않았어요.

　　"와! 내 경주용 트랙도 있네!"

　　후고는 소리쳤어요.

　　크리스마스 때 선물로 받은 거예요. 아마도 엄마가 후고를 위해 경주용 트랙을 다시 조립하셨나 봐요.

13

　후고는 경주용 트랙을 보자마자 가지고 놀기 시
작했어요. 한참을 가지고 놀던 후고는 재미가 없
어졌어요. 그래서 창문 밖을 물끄러미 쳐다보았어
요. 옆집이 어찌나 가까운지 그 집의 방 안이 다
들여다보였어요.

　그때 갑자기 방문이 열리더니 한 여자아이가 들

어왔어요. 여자아이는 창문 쪽을 쳐다보다가 후고를 발견했어요. 여자아이는 창문 너머로 찡긋 윙크를 했어요. 후고는 빤히 보고도 윙크를 하지 않았어요. 왜냐하면 처음 보는 여자아이니까요.

이번에는 여자아이가 후고를 향해 날름 혀를 내밀었어요. 어찌나 혀가 길던지!

여자아이가 까르르 웃었어요. 그러더니 창문 유리에 얼굴을 디밀어 코를 납작하게 짓누르지 뭐예요. 그것도 모자라서 사팔눈을 뜨고 입을 아래로 삐죽 일그러뜨렸어요.

그 모습이라니! 정말 웃겼어요.

여자아이는 창문에서 조금 떨어져 후고에게 다시 윙크를 했어요.

후고는 어찌할 바를 몰랐어요. 그래서 잽싸게 몸을 돌려 방에서 나가 버렸어요.

17

후고가 침대에 눕자, 엄마가 말씀하셨어요.

"좋은 꿈 꿔라. 새로 이사 온 집에서 꾸는 첫 번째 꿈은 정말 이루어진대."

엄마는 후고에게 뽀뽀를 해 주셨어요.

"내일은 새 학교를 보여 줄게."

잠들기 전 후고는 새로 전학 가는 학교가 와장창! 무너지는 꿈을 꾸게 해 달라고 간절히 빌었어요. 하지만 후고의 마음 따위는 아랑곳 하지 않고 엉뚱한 꿈을 꾸었어요.

정말 악몽이었어요.

꿈에 후고는 아주 넓은 어떤 곳에 서 있었어요.
그것도 달랑 혼자서 말이에요. 주변에는 집들이
굉장히 많았어요. 그런데 갑자기 문이 꽝 열리더
니, 엄청 많은 아이들이 쏟아져 나왔어요.

아이들은 모두 후고 쪽으로
뛰어오며 일제히 소리쳤어요.
"와, 새로 온 애다. 새로 온 애야!"
후고는 걸음아, 나 살려라 도망치고
싶었지만 도무지 몸이 말을 듣지 않았어요.

아이들이 바로 코앞까지 온 순간 후고는 잔뜩
겁에 질린 채 잠에서 깨어났어요.

"엄마!"

후고는 놀라 소리쳤어요.

엄마가 달려왔어요.

"무슨 일이니?"

엄마가 물으셨어요.

"새 학교에 안 갈래요."

후고가 말했어요.

"아는 사람이 아무도 없어요. 그리고 아이들도
모두 나쁜 애들일 거예요!"

엄마는 후고를 달래 주었어요.

"그렇지 않을 거야. 처음에는 아이들이 좀 신기
해할지도 몰라. 하지만 그건 아주 잠깐 동안만 그
럴 거야."

엄마는 후고가 다시 잠들 때까지 손을 꼭 잡아
주셨어요.

다음 날 엄마는 학교에 가는 길을 가르쳐 주셨어요. 그다지 멀지 않았어요. 학교는 밝은 색깔의 페인트가 칠해져 있어서 그런지 친근해 보였어요. 복도에는 아이들이 그린 그림과 이런저런 사진들이 걸려 있었어요.

"학교가 예쁘구나, 그렇지?"

엄마가 후고를 보며 말씀하셨어요.

후고는 어깨를 으쓱해 보였어요. 학교가 예쁜 건 사실이니까요. 하지만 후고는 여전히 어젯밤 꿈이 사실이 될 것만 같아 두려웠어요.

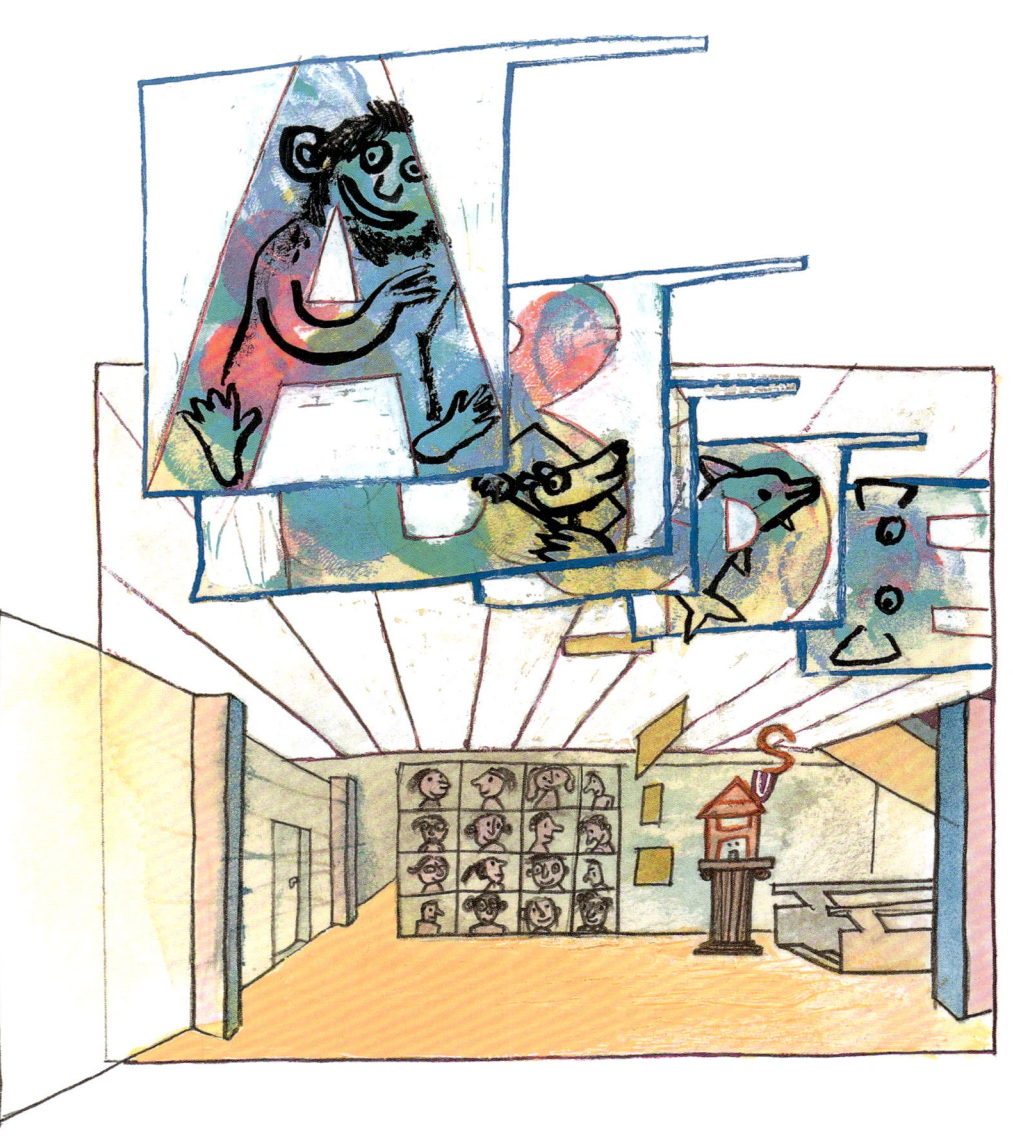

그것도 잠시! 그 후 며칠 동안 후고는 새 학교에 대해서 까마득히 잊어버렸어요. 이사 온 도시에는 새로운 것들이 참 많았으니까요.

엄마는 후고에게 근처 슈퍼마켓과 놀이터를 가르쳐 주셨어요. 또 엄마는 후고를 수영장에 데려다 주셨어요. 그뿐 아니라 엄마는 후고랑 지하철도 같이 탔어요.

후고는 이사 온 도시가 정말 크다고 생각했어요. 그래서 가끔 집을 잃어버리지나 않을까 겁이 나기도 했어요.

그래도 후고는 혼자서 빵집에 간 적도 있어요. 빵
집에는 사람들이 아주 많았어요. 후고는 줄을 서야
만 했어요. 맨 앞에서 한 아줌마가 빵을 사고 있었
어요. 그리고 아줌마 옆에는 옆집 여자아이가 서 있
었어요. 여자아이를 보자마자 후고는 어쩔 줄 몰라
했어요. 쥐구멍이라도 있다면 숨을 텐데!

마침내 빵을 산 아줌마와 여자아이가 뒤로 돌았
어요. 두 사람은 웃으며 이야기를 나누고 있었어요.

아줌마와 여자아이가 후고 옆을 지나가자, 후고
는 용기를 내어 기어들어 가는 목소리로 말했어요.

"안녕!"

어어! 그런데 이걸 어쩌죠? 후고의
목소리가 하도 작아서 여자아이가
그만 듣지를 못했어요.

후고는 여자아이가 빵집을 나갈 때까지 넋을 잃
고 바라만 보았어요.
　드디어 후고 차례가 되었어요. 하지만 후고는 무
슨 빵을 사야 할지 까맣게 잊어버리고 말았어요.
　창피한 마음에 후고는 집으로 뛰어갔어요.

"엄마!"

후고가 소리쳤어요.

"할머니네랑 패트릭네 집에 언제 가요?"

엄마는 한숨을 푹 내쉬었어요.

"다음 주 주말이나 돼야 갈 수 있을 것 같아."

엄마가 말씀하셨어요.

"지금 가고 싶은데!"

풀이 죽은 후고는 방으로 들어가 할머니에게 드릴 그림을 한 장 그렸어요.

그렇게 겨울 방학은 끝나고 말았어요.

다음 날 아침이면 새 학교에 가는 첫날이랍니다. 후고는 하루 종일 기분이 이상했어요. 무슨 일을 해도 재미가 하나도 없었어요.

밖에는 비가 내리고 있었어요. 후고는 창문을 물끄러미 바라보았어요. 저 아래 마당에는 어떤 아저씨가 허둥지둥 쓰레기 봉지를 쓰레기통에 던져 넣고 있었어요.

후고는 문득 앞집 창문가에 여자아이가 서 있는 것을 보았어요. 여자아이가 먼저 윙크를 했어요. 후고는 얼떨결에 손을 들어 보였어요. 여자아이는 손가락으로 비를 가리키며 하늘을 올려다보았어요. 그러고는 입을 삐죽거렸어요. "날씨 참 나빠."라고 말하는 것 같았어요. 후고도 고개를 끄덕였어요. 여자아이는 까르르 웃었어요. 그러더니 몸을 휙 돌려 방에서 나가 버렸어요.

잠시 후 여자아이가 다시 나타났어요. 손에는 커다란 도화지를 한 장 들고 있었는데, 그 도화지를 창문에 붙였어요.

33

　도화지에는 해님이 반짝반짝 활짝 웃고 있었어
요. 이번에는 여자아이가 도화지를 바라보며 마치
햇살을 쬐는 것처럼 놀이를 했어요.
　후고는 웃음이 나와 참을 수가 없었어요. 여자
아이는 후고를 휙 한번 쳐다보더니 도화지를 다시
유리창에다 붙였어요.

　이제는 후고 차례랍니다. 후고는 눈을 지그시 감고 머리를 뒤로 젖혔어요. 마치 햇살이 따사롭게 비치는 것처럼 말이죠. 후고는 스웨터의 팔도 걷어 올렸어요. 후고가 다시 눈을 떴을 때 여자아이는 깔깔거리며 웃고 있었어요. 여자아이는 다시 후고에게 윙크를 하더니 방에서 나갔어요.

밤이 되자 후고는 잠을 설쳤어요. 눈 깜짝할 사이에 다음 날이 되었어요.

오늘은 새 학교에 가는 첫날! 엄마는 후고를 학교에 데려다 주셨어요. 학교 정문에 들어서자, 후고는 엄마 손을 꼭 잡았어요. 엄마는 후고랑 교무실로 들어갔어요. 담임 선생님이 후고를 기다리고 계셨어요.

"안녕, 후고. 난 브란트라고 해. 후고는 오늘부터 우리 반이란다. 나와 같이 교실로 가자꾸나."

선생님이 먼저 다정하게 말씀하셨어요. 하지만 후고는 엄마랑 헤어지는 게 싫었어요.

"엄마, 가지 마."

"괜찮아. 겁먹지 마."

엄마는 이렇게 말씀하시고는 다시 한 번 후고의 손을 꼭 잡아 주셨어요. 그러고 나서 엄마는 집으로 돌아가셨어요. 이제 후고와 선생님 단둘만 남았어요. 후고는 이제 어쩌지요?

37

"자, 가자꾸나."

브란트 선생님이 다정한 목소리로 말씀하셨어
요. 이미 복도에는 아무도 없었어요.

브란트 선생님은 교실 문을 활짝 여셨어요. 교
실 안에는 아이들이 앉아 있었어요. 왁자지껄 떠
들던 아이들은 후고가 나타나자 입을 다물고 멀뚱
멀뚱 쳐다보았어요. 후고는 도대체 어디를 쳐다봐
야 할지 몰랐어요. 브란트 선생님이 뭐라고 말씀
하셨지만, 후고의 귀에는 아무 소리도 들리지 않

앉어요. 정말로 어쩌지요?

"저쪽에 앉아라."

브란트 선생님이 말씀하셨어요.

후고는 꿈속에서처럼 몸이 말을 듣지 않을까 봐
잔뜩 겁을 먹었어요. 하지만 다행히도 걸음을 걸
을 수 있었어요. 후고가 뒤쪽으로 느릿느릿 걷기

시작하자, 아이들은 누구나 할 것 없이 뚫어져라 쳐다보았어요. 그러고는 속닥속닥거렸어요.

"새로 온 앤가 봐."

이제 거의 뒤쪽까지 왔어요. 후고는 빈자리가 어딘지 둘레둘레 살펴보았어요. 하지만 여전히 후고는 호기심 많은 아이들의 얼굴은 차마 쳐다보지 못했어요. 후고는 바닥만 보며 걷다가 맨 뒷자리에 왔을 때 고개를 들었어요. 그러자 앞집에 사는 여자아이의 얼굴이 덩그렇게 보이는 게 아니겠어요!

여자아이는 후고를 바라보며 빙그레 웃었어요.

"여기가 빈자리야."

여자아이가 말했어요.

후고는 자리에 앉았어요. 머리가 멍했어요. 잠시 후에야 후고는 주위를 둘레둘레 둘러보았어요.

아이들은 이미 앞쪽 칠판을 쳐다보고 있었고, 브란트 선생님은 뭔가를 열심히 설명하고 계셨어요.

오로지 여자아이만이 후고를 쳐다보고 있었어요.

"너, 이름이 뭐니?"

여자아이가 물었어요.

"후고." 후고가 대답했어요.

"근데, 넌?"

"레오니야."

이름을 말한 여자아이는 다시 빙그레 웃었어요.

그러자 별안간 후고의 마음이 환하게 밝아졌어요.
그리고 전학 온 학교가 꿈에서
보았던 것처럼 그렇게 무섭게
느껴지지 않았어요.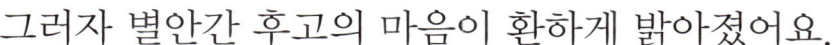

옮긴이의 말

평소에도 동화책을 좋아하는 나로서는 이 책을 처음 본 순간 무척 마음에 들었어요. 왜냐고요? 그림이 정말 예쁘고 화사했기 때문이에요. 아직 책을 읽진 않았지만, 그림만 봐도 내 마음이 밝아지고 따뜻해지는 것 같았어요. 그래서 그런지 궁금증이 생겼어요. 도대체 후고에게 무슨 일이 있는 걸까? 하고요.

마침내 책을 찬찬히 읽어 보았어요. 그랬더니 후고가 전학 가는 새 학교를 두려워하는 게 아니겠어요? 하지만 그러는 후고가 하나도 이상하지 않았어요. 난 이미 어른이 되었지만, 어린 시절을 생각해 보면 무서워하고 두려워했던 일이 많았으니까요.

어린이 여러분 중에서도 새로운 학교로 전학을 가야 하는 친구가 있을 거예요. 또 전학이 아니더라도 학년이 올라갈 때마다 두려움이 생기는 친구도 있을 거예요. 하지만 걱정하지 마세요. 두려움이 클수록 새 친구들을 만나는 기쁨은 더욱더 커질 테니까요. 또 새 친구들을 만나 놀이를 하다 보면, 어느새 친한 친구가 될 테니까요.

그러니 어린이 여러분, 우리 함께 후고가 새로운 학교에서 새로운 친구들과 신 나고 재미있게 공부할 수 있도록 힘찬 응원의 박수를 보내 줄까요?

학교는 포근하고 편안한 곳! 낯설음과 두려움에 맞서 당당히 손을 내밀어 보세요!

안선모(인천 부평남초등학교 선생님·동화 작가)

매일 똑같은 장소에서 똑같은 사람을 만나 똑같은 일을 한다면 어떨까요? 너무나 편안하고 익숙하여 두려움, 낯설음, 어색함 같은 건 없겠지요. 하지만 계속 그렇게 살 수 있을까요? 아니 계속 그렇게 살아도 되는 걸까요? 아마도 곧 따분함과 지루함, 그리고 싫증을 느낄 거예요. 그리고 이렇게 말하겠지요.

"아, 내 생활은 왜 이렇게 똑같을까? 좀 다르게 살고 싶어." 하고 말이에요.

그래요. 사람은 변화를 좋아해요. 변화 속에서 사람은 발전하고 성장하니까요. 살다 보면 다른 곳으로 이사를 할 수도 있고, 학교를 옮길 수도 있고, 다른 일을 할 수도 있어요. 또 자라면서 계속 다른 사람들을 만나기도 하고요.

새로운 것을 만났을 때 사람들은 누구나 두려움과 낯설음을 느껴요. 하지만 두려움과 낯설음을 대하는 방법은 모두 다르답니다. 어떤 사람은 두려움과 낯설음을 똑바로 쳐다보고 당당히 이겨 내지요. 하지만 어떤 사람은 고개를 푹 숙이고 덜덜 떨며 마침내는 꽁무니를 빼고 말지요.

그렇다면 여러분은 어떤 사람이 되고 싶은가요? 떨린다고 뒤로 숨거나, 낯설다고 두려움을 느끼며 속으로 벌벌 떠는 사람이 되고 싶은가요? 아니면 속으로 '괜찮아, 난 할 수 있어.' 하며 당당히 이겨 낼 것인가요? 어떤 사람이 되느냐 하는 건 어린이 여러분의 마음가짐에 달려 있답니다.

이 책의 주인공 후고도 새로운 학교가 싫었어요. 도시로 이사하는 것도 싫었고요. 오죽하면 꿈까지 꿨겠어요? 학교에서 새로운 아이들을 만나자 마구 도망치는 꿈 말이에요.

그런데 잘 생각해 보세요. 새롭고 낯선 것들이 영원할까요? 전혀 그렇지 않아요. 새로움과 낯설음을 잘 이겨 내면 그것들은 편안하고 익숙한 친구처럼 느껴질 거예요. 그러니 기죽지 말고 벌벌 떨지 말고 용감하게 손을 내밀어 보세요.

후고처럼 학교에 가기 싫어하고, 두려워하는 아이들은 참 많아요. 더구나 잘 다니던 학교를 떠나 새 학교로 전학을 가야 한다니요? 생각만 해도 덜덜 떨리는 일이지요.

나는 지금까지 초등학교에서 선생님으로 일하면서 여러 아이들을 만났어요. 나도 새 학기가 되어 새로운 학년을 맡을 때면 무척 긴장을 해요. 특히 1학년을 맡아 가르치게 되었을 때는 다른 때보다 10배는 더 긴장을 해요. 왜냐고요? 학교생활을 처음 시작하는 1학년 가운데는 학교를 낯설어 하는 친구들이 꽤 많이 있거든요. 그런 어린이들에게 학교가 아주 재미있는 곳이라는 것을 어떻게 가르쳐 줄까, 날마다 연구하고 고민을 하다 보니 긴장을 하게 되는 것이지요.

그런데 말이죠. 학교를 낯설어 하고 두려워하던 친구들도 나중에는 학교를 아주 즐거워하게 되었다는 거예요. 일주일 정도 지나 적응한 친구도 있지만, 몇 달이나 걸린 친구도 있었어요. 사람마다 적응하는 시간은 조금씩 다르니까요.

지금부터 그 아이들 이야기를 해 줄 테니 귀 기울여 잘 들어 보세요. 듣다가 '앗, 이건 내 얘기랑 비슷한데?' 하고 느껴지면 그 친구가 어떻게 학교를 좋아하게 되었는지, 어떻게 변했는지 잘 살펴보세요. 그리고 지금 그 아이들이 어떻게 변했을까 상상해 보는 것도 잊지 마세요.

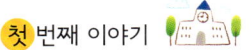

"새 학교는 싫어요. 전에 다니던 학교에 갈래요!"

보챙이는 얼굴이 하얗고 귀여운 남자아이예요. 새 학교에 가기 싫다면서 먼저 다니던 학교에 다니겠다고 하도 보채서 별명이 보챙이가 되었어요.

첫날 보챙이는 쭈뼛쭈뼛 교실로 들어왔어요. 다른 아이들은 성큼성큼 걸어 들어오는데 말이에요. 보챙이는 더듬더듬 작은 목소리로 인사했어요.

"선생님, 안, 녕, 하, 세, 요? 얘들아, 안, 녕!"

쉬는 시간에도 보챙이는 잘 웃지 않았어요. 얼굴에는 두려움과 어색함이 가득하였어요.

그런 보챙이를 변하게 한 건 반 친구들이었어요. 친구들은 보챙이에게 아주 친절하게 대해 주었어요. 손을 잡고 다니며, 학교 이곳저곳을 소개해 주었어요.

"여기는 보건실이야. 아플 때 얼른 이리로 오면 보

건 선생님이 친절하게 치료해 주셔."

"여기는 점심 먹는 급식실이야. 우리 학교 밥, 짱! 맛있어!"

"신발주머니는 복도 신발장에 넣고, 교과서는 교실 사물함에 넣으면 돼."

시간 시간마다 반 친구들은 보챙이의 손을 잡고 학교 이곳저곳을 다녔어요. 그리고 노는 시간이 되면 보챙이 자리 주위로 몰려갔어요. 보챙이와 놀기 위해서였지요. 보챙이의 얼굴에 비로소 웃음꽃이 피어나기 시작했어요.

그러다 보니 보챙이는 곧 깨달았어요. 전학 온 학교 아이들도 먼저 다니던 학교 아이들처럼 다 좋은 친구들이라는 것을요. 학교 이름도 다르고, 학교 건물도 다르고, 선생님도 다르지만 학교는 똑같이 재밌고 좋은 곳이라는 것을요.

"보챙아, 아직도 전에 다니던 학교에 가고 싶니?"

아이들이 물으면 보챙이는 고개를 세게 젓는답니다.

"내 이름은 씨티"

　씨티는 몸이 빼빼 마르고 얼굴이 까무잡잡한 여자 아이예요. 씨티는 똑똑한 아이였지만, 친구들과 좀 다르다는 이유 때문에 학교에 가기 싫어했어요. 베트남 사람인 엄마를 닮아서 피부가 남들보다 좀 더 까맸거든요. 씨티는 한국말도 잘 못해서 약간 더듬거렸어요. 그건 씨티 엄마가 한국말을 잘 못해서 그런 거였어요. 그런 이유들 때문에 씨티는 기가 팍 죽어 있었지요. 학교에 오면 다들 자기만 쳐다보는 것 같고, 발표를 잘못하면 아이들이 막 웃을 것 같았어요. 그래서 씨티는 학교에 오면 입을 꾹 다물고 있었지요.

　하지만 그럴 필요 있나요? 이 세상에 똑같은 사람이 어디 있겠어요? 사람마다 생각이 다르듯, 피부 색깔도 다르고, 눈동자도 다르고, 습관도 다른 게 당연

한 일이지요.

　나는 씨티에게 말해 주었어요.

　"이 세상에 똑같은 사람은 단 한 명
도 없단다. 한 명 한 명 모두 소중한
존재야."

　똑똑한 씨티는 커다란 눈을 껌벅이며 친구들을 돌
아보았어요. 반 친구들이 씨티를 보며 활짝 웃었어요.

　씨티는 지금 어떻게 지내고 있을까요? 여러분이 상
상하는 그대로 씨티는 적극적인 아이가 되어 열심히
학교생활을 하고 있답니다. 씨티는 반 아이들에게 베
트남 언어와 습관, 문화 등을 열심히 가르쳐 주고 있
어요. 그럴 때면 씨티는 자신감이 펄펄 넘치지요.

　만약 씨티가 학교에서 다른 친구들의 시선을 계속
피했다면 어땠을까요? 씨티는 학교생활이 정말 어려
웠을 거예요. 당연히 학교생활이 지옥 같았을 거고요.

　이제 자신이 가지고 있는 장점을 활용하여 학교생
활을 하게 된 씩씩한 씨티에게 박수를 보내 주세요.

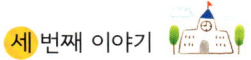

"학교 화장실이 무서워요!"

학교 화장실이 무서워, 학교에 오는 걸 싫어하는 친구도 있었어요. 집과는 전혀 다른 학교 화장실에 적응을 하지 못한 거지요. 그러니 얼마나 학교생활이 힘들었겠어요. 학교 오기가 정말 괴로웠을 거예요. 하지만 이 친구는 그 모든 어려움을 다 이겨 냈어요. 그걸 도와준 것은 바로 짝꿍이었어요. 친구가 화장실에 가는 걸 무서워하는 걸 안 짝꿍이 날마다 화장실에 같이 가 주었어요. 둘이 깔깔 웃으며 화장실에 가고, 친구가 볼일을 보는 동안에는 밖에서 재미있는 이야기를 하며 기다려 주었어요. 볼일이 끝나면 다시 짝꿍과 손을 잡고 교실로 돌아왔지요.

'학교 화장실에 가는 걸 무서워하다니? 쟤 혹시 바보 아냐?'

만일 친구들이 이렇게 생각하고, 이런 눈초리를 보냈다면, 그 친구는 그렇게 빨리 학교 화장실에 대한 두려움에서 벗어날 수 없었을 거예요.

"넌, 1학년이나 되었는데 화장실도 혼자 못 가니? 다시 유치원으로 가!"

사실, 이런 말을 하는 반 친구도 있었어요. 그 말을 한 친구는 화장실에는 잘 갔지만, 학교의 다른 층, 2층이나 3층으로 심부름을 보내면 아주 무서워하면서도 말이에요.

다른 사람을 이해한다는 건 참 중요한 일이면서도, 무척 어려운 일이에요. 그러니까 우리 반 친구 중에 학교를 두려워하는 친구가 있으면, '아, 그럴 수도 있겠구나. 사람은 저마다 다 다르니까.' 하고 생각하고 기다려 주세요. 그러면 서서히 두려움에서 벗어나 학교를 재미있는 곳으로 생각할 거예요.

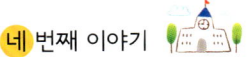

"학교 가기 싫어요!"

학교에 올 때 날마다 울면서 오는 아이도 있었어요. 교실에 간신히 들어와 자리에 앉아서도 울었어요. 이 모습을 본 친구들이 뭐라고 했을까요?

"아이, 시끄러워! 너 때문에 공부를 못하겠어!" 했을까요? 아니요. 그렇지 않았어요. 반 친구들이 걱정스러운 듯 다가가 눈물을 닦아 주었어요. 그리고 다정하게 말했어요.

"그렇게 울면 머리 아파. 그러니까 그만 울어."

다른 친구들은 안쓰러운 표정으로 우는 친구를 바라보았어요.

'얼마나 학교에 오는 게 무서웠으면 저럴까? 내가 도와줘야지.'

다들 그런 생각을 하는 듯했지요.

친구들의 다정한 말과 행동에 아이는 점차 울음소

리가 잦아들었어요. 그리고 일주일쯤 지나자 울음을 뚝 그쳤지요. 그 모습을 보고 나는 칭찬을 듬뿍 해 주었어요.

"와, 우리 수빈이 울지 않으니까 정말 멋지다!" 하고 말이에요. 내 말에 아이들이 동의한다는 듯 손뼉을 짝짝 쳤고요.

학교생활을 잘하고 있는 친구들이 볼 때는 정말 이해가 안 되는 행동이지만 학교를 두려워하는 친구의 입장이 되어 보면 그럴 수도 있을 거라 짐작할 수 있어요. 얼마나 낯설고 힘들면 울면서 학교에 오겠어요. 그 친구는 그렇게 울면서 학교에 오고 싶겠어요? 하지만 마음대로 안 되는 게 사람 마음이에요. 다행히도 수빈이가 학교는 두려운 곳이 아니라는 걸 빨리 깨닫게 되어 정말 다행이에요. 이제 울면서 학교에 왔던 것도 모두 즐거운 추억이 되었겠지요?

여러분, 내 얘기 어땠어요? 잘 들으셨나요? 재미있다기보다는 모두 안쓰러운 이야기들이지요? 그렇지만 이 이야기들은 모두 먼 나라 이야기, 나와 아무 상관없는 이야기가 아니에요. 바로 여러분의 이야기일 수도 있고, 주위에 있는 친구들의 이야기일 수도 있어요.

겉으로는 아무렇지 않은 척하지만, 많은 친구들이 학교에 대해 두려움을 느끼고 있어요. 단지 그 두려움을 나타내지 않을 뿐이지요. 또 그 두려움을 없애려고 속으로 무척 노력하고 있을지도 모르지요. 그러니 만약 주위에 학교를 어려워하고 두려워하는 친구들이 있다면 놀리거나 이상한 눈초리로 쳐다보면 안 되겠어요. 먼저 다가가 다정하게 손을 내밀어 꼭 잡아 주세요. 그리고 함께 즐겁게 학교생활을 할 수 있도록 도와주는 거예요. 어떻게 도와주느냐고요? 별로 어렵지 않아요. 그저 옆에 같이 있어 주고, 도와주고, 그 친구의 말을 열심히 들어 주면

돼요. 그러면 학교가 어려운 곳이 아니라는 걸, 저절로 느끼게 될 테니까요.

만약 여러분이 학교에 대해 어려움을 느끼거나, 두려움이 있다면 얼른 주위 사람들에게 이야기하세요. 부모님, 선생님, 그리고 친구들이 여러분을 도와줄 거예요. 속으로 '어떻게 하지? 어떻게 해야 하나?' 하고 혼자 고민할 필요 없어요.

알겠지요?

학교!

어른이 될 때까지 떠날 수 없는 곳, 어른이 되어서도 갈 수 있는 곳, 내 옆에 늘 가까이 있는 곳. 몇 번을 생각하고 또 생각해도 학교는 참말 멋진 곳이에요. 사람과 학교는 친밀한 관계를 갖고 있어요. 정말로 가까운 사이지요.

학교에 가면 다양한 친구들을 만날 수 있으니까 좋고요, 여러 선생님들과 즐겁게 공부할 수 있으니까

좋고요, 알고 싶은 것을 배울 수 있으니까 좋고요, 사회생활을 할 수 있는 밑거름이 되는 곳이니까 좋아요.

그런 학교와 친해지고 싶지 않나요? 친해지고 싶다고요? 그러면 학교를 편안하고 재미있는 놀이터로 생각하세요. 놀이터에서 신 나게 놀 준비됐나요?

자, 준비되었다면 출발!

초등 읽기 1단계 시리즈

　「초등 읽기 1단계」 시리즈는 초등학교 1~2학년 어린이를 위한 도서로, 연령대로 하면 7~9세의 어린이에게 알맞습니다.

　이 시기의 어린이는 음성 언어에서 문자 언어로 나아가는 시기로, 글로도 의사소통할 수 있다는 것을 깨닫는 시기입니다. 읽기 발달 단계로 보면, 그림책 읽기 단계를 지나 스스로 소리 내어 책을 읽는 단계로, 그림책보다는 다양한 낱말과 약간 복잡하고 어려운 이야기, 그림책보다 글 분량은 증가하되, 그림은 줄어든 형태의 책을 읽는 단계입니다.
　이 단계의 도서들을 통해 어린이들은 기초 어휘에 대한 발음과 해독, 단어와 구절, 문장을 정확하게 끊어 읽기 등을 익힐 수 있습니다.

　「후덜덜 떨리는 전학」은 이러한 초등 1~2학년의 읽기 단계에 꼭 맞는 책으로 새로운 도시로 이사를 간 주인공이 낯선 새 학교에서 새 친구들을 만나기까지 겪는 불안과 두려움을 표현하고 있습니다.